AF252686

L'ART DE RÉGNER,

POËME:

Par M. D * * * T.

Prix huit fols.

A LAUSANNE,

Et se trouve à PARIS

chez D'HOURY, Imprimeur-Lib. de Mgr. le Duc
D'ORLÉANS, rue de la Vieille-Boucleric

CE QU'IL FAUT LIRE.

Un certain Médecin Portugais, piqué de n'avoir point remporté le Prix proposé par une Académie de France, proclama qu'il ne s'avouerait vaincu, qu'après qu'on aurait publié le morceau couronné, & que le Public en aurait décidé. Ce n'eſt point à ſon exemple que je fais imprimer cet Ouvrage : j'avoue, de bonne foi, que je ſuis bien condamné ; Meſſieurs les Toulouſains ont trop fait leurs preuves en tous tems & en tous genres, & de juſtice & de juſteſſe, pour vouloir appeler de leurs jugemens. Les Regiſtres de leur célébre Muſée ne ſont-ils pas remplis & illuſtrés par les Odes de Baïf, de Ronſard & de Lamotte Houdard ? Je déclare donc ici ne point envier la gloire de Meſſieurs l'Abbé Boſcus & Touloubre mes Concurrens couronnés. Je faifis même avec empreffement l'occafion de rapporter de légers fragmens de leurs Ouvrages, que nous a tranfmis un de nos Journaliftes. Je fuis fâché que leurs Pièces, fi elles font imprimées, ne foient pas parvenues jufqu'à moi, pour en multiplier les exemplaires par une nouvelle édition & faire part au Public de deux chef-d'œuvres Languedociens. Mais, à ce défaut, on pourra juger du ftyle & des beautés de ces Poëtes par deux morceaux, inférés dans le fecond volume du Mercure de France du mois de Juillet, & envoyés par M. le Secrétaire de l'Académie, qui fans doute n'a pas choifi les plus faibles de leurs Ouvrages. Nous allons commencer par l'Épître fur *le bonheur du Philofophe*, de M. l'Abbé B o s c u s.

Q u o i ! Ce mortel dont la courfe paifible
Ne fut jamais *expofée* aux remords,
Et dont le cœur généreux & fenfible
A l'indigent prodigua fes tréfors,

D'un plaifir pur ne goute point les charmes ? &c.

Lorfque le fage, au gré de fon génie,
Peut s'élever & planer dans les cieux,
De l'univers admirer l'harmonie,
Et les beautés qu'elle étale à fes yeux ;
Des corps divers mefurer la diftance,
Les rapprocher, les comparer entr'eux,
Ne fent-il pas le prix de l'exiftence ?

Je te bénis, *principe de tout être,*
Toi, *qui des maux fais éclore les biens,*
Pour être heureux ta bonté me fit naître
Et tu daignas m'en offrir les moyens.
Eh ! *que feroient les plaifirs fans les peines ?*
Ce malheureux dont on brife les chaînes,
Avec plaifir fe voit en liberté.
Le plus beau jour naît du fein de l'orage ;
Par les revers, la fortune volage
Prépare l'homme à la félicité.

On peut voir combien ces vers font
aifés & coulans : le ftyle en eft fimple
& pourtant il eft riche, les penfées font
vraies, choifies & dignes du fujet traité.
Cependant M. l'Abbé Bofcus me per-
mettra de lui repréfenter que la chaleur
de la compofition l'a emporté un peu trop

loin, & lui a laiſſé échapper une expreſſion fauſſe. *Une courſe* ne peut être *expoſée aux remords*, puiſque la courſe n'a point de ſentiment ; tout au plus, elle expoſerait aux remords. Plus loin, il dit que *le principe de tout être des maux fait éclore les biens* : M. Boſcus a confondu le mal avec le malheur ; on peut bien dire que Dieu fera naître le bien du ſein de nos malheurs, mais ſûrement Dieu ne prendra jamais le mal proprement dit pour le principe du bien dont il ſera l'auteur, puiſque le mal lui eſt abſolument étranger & contraire à ſa bonté infinie. Cette réflexion ne peut cependant porter atteinte à la théologie de M. l'Abbé Boſcus : il ne voulait que refaire ce vers d'un de nos Poëtes :

L'infortune ſouvent nous conduit au bonheur.

Et cinq vers plus bas, il traveſtit la même penſée en ſens figuré :

Le plus beau jour naît du ſein de l'orage.

On ne peut conteſter que ce vers vaut

bien mieux que celui *Toi qui des maux fais éclore les biens.* Un autre de ſes vers préſente encore, à peu près, une idée (abſtraction faite du ſens métaphorique) que l'on trouve dans un Recueil de Poëſie imprimé à Avignon, chez Garrigan, en 1771. Voici celui de M. l'Abbé Boſcus :

Eh ! que ſeroient les plaiſirs ſans les peines ?

Et le vers que je me rappelle :

Souviens-toi qu'il n'eſt point de roſes ſans
       épines.

Sûrement ce dernier l'emporte ſur le premier, qui n'eſt nullement poëtique. Je n'ai fait ces remarques légeres, que parce que je crois qu'il faut être neuf ou ſupérieur aux autres dans de pareils morceaux. D'ailleurs, on ne peut nier les beautés vraiment précieuſes qui ſe rencontrent dans ce fragment de M. l'Abbé Boſcus.

Paſſons à l'Épître intitulée : *les Avantages de l'Adverſité*, par M. Touloubre. Je ne dirai rien ni des vers, ni du ſtyle,

ni des penſées : le Lecteur ſaiſira ces
choſes avec aſſez de facilité.

Du dernier des Valois rappelons-nous
    l'hiſtoire :
Ce Prince malheureux, long-tems couvert
    de gloire,
Rempliſſoit l'univers du bruit de ſes exploits ;
Les Peuples s'empreſſoient de vivre ſous ſes
    loix.
Ses vœux ſont exaucés : il regne ſur la France ;
De ſes Sujets bientôt il trompe l'eſpérance :
Sans ceſſe réclamant ſes premieres vertus,
Ils cherchent le Héros & ne le trouvent plus.
Accablé ſous le poids d'un fardeau qui l'é-
    tonne,
D'un bras foible & tremblant il ſoutient la Cou-
    ronne.
Victime de la Ligue, il vit peu redouté ;
Sous ſes coups aſſaſſins il meurt peu regretté.
Henri ſon ſucceſſeur, au milieu de l'orage,
N'avoit pour tout ſecours que ſon bras, ſon
    courage.
Intrépide Héros & modeſte Vainqueur,
Digne Chef des Bourbons, inſtruit par le mal-
    heur,
Il mérita toujours des hommages ſinceres ;
Son regne fut celui du plus tendre des Peres.

(9)

Jufques aux derniers tems gravé dans tous les
    cœurs,
Son nom, cher au François, fera verfer des
    pleurs.

L'Auteur aurait dû favoir qu'un
Prince porte fa Couronne fur la tête
& ne la foutient point avec le bras.
On ne peut dire que d'un Sujet, qu'il
foutient la Couronne de fon Roi ; tel
qu'il eft dit dans l'épitaphe du grand
Turenne :

. . . .

Afin qu'aux fiecles à venir,
On ne fît point de différence
De porter la Couronne ou de la foutenir.

On diftingue auffi à M. Touloubre
une heureufe facilité pour placer des
chevilles : d'ailleurs, il faut que ce foit
un nouveau goût digne de l'immortalité,
puifque Meffieurs les Académiciens de
Touloufe l'ont couronné.

Je crois que l'on n'imputera point à
une critique jaloufe les petits défauts
que j'ai relevés dans ces deux morceaux :

je conviens, je le répéte encore, que
malgré leurs défectuofités, ils l'emportent de beaucoup fur mon Poëme. Ce
n'eft que la fureur d'écrire & de me faire
imprimer, qui m'engage aujourd'hui à
le publier.

L'ART
DE REGNER,
POËME.

L'OR reçoit sa valeur au gré des Souverains,
Et souvent les vertus sont de même en leurs mains.
Mortels, qui sous vos loix faites trembler la terre,
Un mot, un seul regard du Maître du tonnerre,
Vous remet au néant, & les Rois ne sont rien.
J'éleve jusqu'à vous la voix d'un Citoyen.
D'entendre des leçons vous rougirez peut-être.
Qu'il est peu d'être Roi, si l'on ne sait pas l'être!

Gouverneurs, que l'État choisit pour enseigner,

A son Prince au berceau, le grand art de régner;

Des vertus de son rang vous devenez comptables;

Des vices qu'il aura vous serez responsables :

C'est un jeune roseau; mais pliez-le en naissant :

Né pour monter au Trône, on n'est jamais enfant.

L'Aigle en son nid encor, d'une fixe paupiere,

Regarde du Soleil la brûlante lumiere.

Un Roi doit préférer la dure vérité

A l'encens, que souvent il n'a point mérité.

Un tort qu'on sait avoir, sans honte se déclare,

Il se change en vertu dès-lors qu'on le répare.

Qu'il évite avec soin les vils adulateurs,

Leur poison meurtrier est caché sous les fleurs :

On le prend, on s'endort dans une douce ivresse,

Et l'on connaît trop tard sa crédule faiblesse.

Le premier des devoirs est celui d'être humain,

N'est-on pas Homme avant que d'être Souverain ?

A ſes Concitoyens on doit ſervir de Pere ,
On doit les ſoulager , partager leur miſere,
Se rendre leur égal ; & s'ils ſont nés Sujets,
Que ſe ſoit pour ployer ſous le poids des bien-
    faits.
L'homme redoute & fuit une chaîne cruelle ,
Si-tôt qu'elle eſt fleurie , il court au-devant
    d'elle.

On ne peut déroger aux anciennes Loix (1);
Pour les mieux conſerver on a créé les Rois :
Elles ſont un dépôt de nos libres Ancêtres,
Et, de les abolir, ils ne ſont pas les maîtres.

Avec les Rois voiſins , évitant tous débats,
Qu'on n'engage jamais que de juſtes combats ;
Des jours de ſes Sujets on eſt dépoſitaire ,
Pour leurs ſeuls intérêts la guerre eſt néceſſaire.
Que l'on cherche à régner dans une heureuſe
    paix,
Et voilà d'un bon Roi la gloire & les hauts
    faits :

---

(1) Je n'ai point entendu que le Souverain , comme
Légiſlateur , n'eût point le droit de déroger aux Loix
qu'il aurait trouvées établies ; ce droit eſt eſſentiel à
toute Puiſſance légiſlative , & ſouvent même le bien de
la choſe publique exige qu'il uſe de cette autorité. Je
ne parle ici que de ces Loix fondamentales qui font la
conſtitution d'un État , & que le Prince, comme Chef ,
a lui-même intérêt de maintenir.

Son Pays, sans partage, à ses soins doit pré-
    tendre,
Le reste est étranger. L'invincible Alexandre,
En gouvernant son Peuple, en maintenant les
    Loix,
Eût-il été moins grand qu'en détrônant les
    Rois ?

La Justice est l'appui, le sceau du rang su-
    prême :
Qu'on la fasse observer avec un soin extrême ;
Mais que l'humanité fasse entendre sa voix :
En faveur du coupable, interprêter les Loix ;
Eh ! n'est-il pas déjà trop malheureux de
    l'être ?
Du penchant de son cœur il fut trop peu le
    maître (1).

---

(1) Il y avait sur les copies envoyées aux Jeux Floraux : *Du penchant de son cœur peut-il se rendre maître ?* Mais le Censeur m'a fait observer qu'on en pourrait induire une assertion contraire aux principes de la saine théologie contre la liberté de l'homme : car en même tems que l'expérience nous apprend qu'il est des hommes si fortement enclins au mal, que ce n'est qu'en faisant les plus grands efforts sur eux-mêmes qu'ils peuvent résister à leur penchant malheureux ; il n'en est pas moins de principe que ces hommes-là même n'aient absolument la force d'y résister, puisqu'ils sont nés libres.

Se tromper par bonté, plutôt que par rigueur;
Le mal vole, & le bien se fait avec lenteur.
Ne jamais employer ni gêne, ni torture,
Cet usage cruel dégrade la nature;
La vérité n'est point au milieu des tourmens,
Et l'innocent s'accuse en ces affreux momens.
Qu'avec eux, les méchans emportent le re-
　　　proche,
Que, d'horreur, l'univers recule à leur ap-
　　　proche,
Ils trouveront sans doute un plus sensible af-
　　　front
A porter du forfait l'empreinte sur le front.
On en voit tous les jours qui méprisent la vie.
Qui créa les Bourreaux? L'orgueil, la bar-
　　　barie.
Ne peut-on être grand, sans avoir en ses
　　　mains
Et la vie & la mort des malheureux hu-
　　　mains?
Est-ce à nous à traîner nos Freres au sup-
　　　plice?
Fuyons les Criminels, & que Dieu les pu-
　　　nisse.

Quand Titus autrefois, au milieu des
　　　Romains
Qui joignaient à son nom les surnoms les plus
　　　saints,

(16)

Marchait vers le Sénat sans faste & sans allar-
    mes ,
Que ses vertus, les cœurs étaient ses seules
    armes ;
Ce Prince jouissait du triomphe des Rois,
Et comptait cet amour le premier des exploits.

F I N.